KB126534

외로운 너는 개를 데리고
밖으로 나가고

강민영

2015년 『내일을 여는 작가』를 통해 시인으로 등단했다.
시집 『아무도 달이 계속 자란다고 생각 안 하지』 『외로운 너는 개를 데리고 밖으로 나가고』, 산문집 『우리 사이의 낡고 녹슨 철조망』 『아들이 군대 갔다』 등을 썼다.

파란시선 0147 **외로운 너는 개를 데리고 밖으로 나가고**

1판 1쇄 펴낸날 2024년 9월 5일
지은이 강민영
인쇄인 (주)두경 정지오
디자인 이다경
펴낸이 채상우
펴낸곳 (주)함께하는출판그룹파란
등록번호 제2015-000068호
등록일자 2015년 9월 15일
주소 (10387) 경기도 고양시 일산서구 중앙로 1455 대우시티프라자 B1 202-1호
전화 031-919-4288
팩스 031-919-4287
모바일팩스 0504-441-3439
이메일 bookparan2015@hanmail.net

ⓒ강민영, 2024, printed in Seoul, Korea

ISBN 979-11-91897-85-2 03810

값 12,000원

외로운 너는 개를 데리고
밖으로 나가고

강민영 시집

시인의 말

창조할 힘은 없지만 파괴할 힘은 조금 더 남아 있다. 쇠퇴하는 것들은 파괴를 일삼는다. 그때 내 눈동자에서 초원을 돌아 나온 바람을 보았다고 너는 말했다. 나의 갈증과 욕심이 닿는 곳에는 언제나 부서지고 떠나는 것들이 있었다. 황금을 너무 사랑해서 만지는 것마다 황금으로 변하게 해 달라는 소원을 빌었던 남자의 불행처럼, 평형저울 위에 내가 창조한 것과 파괴한 것이 놓여 있다. 지금 불고 있는 이 모래바람처럼 진실한 대답이 또 있을까. 쾌락의 끝에 이르면 평형저울 위에 그 무게만큼 놓인다는 어둠, 나는 다만 그 쾌락의 극에 네가 도달하지 않길 바랄 뿐이다.

차례

시인의 말

해설

제1부

벵갈고무나무 화분

인도에서 날아왔다고 한다 나는 벵갈호랑이는 알지만 벵갈고무나무는 처음 봤다 친구는 푹푹 썩어 가는 음식물을 먹이로 주라고 했다 커튼을 열어 햇빛도 먹이로 주었다 벵갈고무나무는 햇빛을 삼키는 짐승이니까 분갈이를 해 주지 않은 어느 봄 나무가 죽었다고 믿었다 뿌리는 왜 벽을 깨지 않고 둥글게 길을 내고 있었을까 둥근 것이 날카로워 밑바닥이 깨졌다 물소리도 깨져 있다 둥근 길이 직선으로 열렸다 계절이 굼뜨게 기어간다 피비린내 길게 흐르던 검붉은 저녁 핏빛 하늘을 바라보던 벵갈고무나무가 붉은 눈을 가졌다 벵갈호랑이는 초원에 있을까 뿌리 없는 것을 따라 뿌리가 달려가겠다

봄 산

—

　초식동물의 피가 곳곳에 번져 간다 살아난 것들이 빠르게 죽어 가는 봄 산에는 죽은 것들이 가득하다 너는 고집스레 버티며 죽음에 닿아 있는 고목 목젖까지 말라 있는 나무가 젖은 바람을 게걸스레 마신다 두툼하게 일어나는 나무껍질 사이로 피가 돌고 있다 바람이 만든 뿌연 먼지 길은 아득하고 흐릿하다 그늘을 만들어 그 안으로 들어갔지만 눈부신 것들이 그늘을 밀치고 가득 들어선다 세상의 가장 아래까지 내려간 침묵이 비로소 깨지고 있다 그림자 길게 날아오르는 잿빛 하늘 둔탁했던 산이 점차 날렵해지고 하늘엔 물 흐르는 소리 가득하다 그늘이 빠르게 달아난다 죽을 듯이 기어 올라간 자리에서 내가 따듯하게 풀어지는 중이다

—

그늘

내 손바닥에는 물에 잠긴 집이 있다 꽃의 골짜기에는 부레를 깃발로 꽂고 발돋움하려는 것들이 모여 있다 허리춤을 말아 올린 치마의 팔랑거림이 개울을 건너려고 한다 불긋불긋 화끈거리는 실핏줄이 지나간다 손바닥이 척척하다 물은 어디에서 흘러들어 여기에 갇힌 것일까 올해도 물속 나무들이 꽃을 틔우려는지 손바닥이 가렵다 비늘로 몸을 바꾼 꽃잎들이 은빛으로 파닥거린다 수몰된 것들이 산 것들과 뒤엉켜 몸을 뒤집는다 낫지 않는 습진은 그곳에 오랜 늪이 들어 있는 탓이다 꽃을 떨군 봄은 떠날 준비가 되었다 네가 서 있는 갓길에 뿌옇게 날리는 먼지가 끈적거린다 나는 나무를 찾지 않았다 나무는 잊었다 애초에 존재하지 않았던 것처럼 네가 나무 그늘만 갈망하던 비루한 날들이 지루하게 지나간다 우리가 서로의 눈을 서슴없이 찔러대던 여름이었다

질주 본능

저것은 과속방지턱
천천히 가라는 표시지
해변의 무덤 사잇길
초록만은 어쩔 수 없다는 듯
점점 더 짙어지고 있다

죽음 위로 달리는 것은
박새구름
암사마귀
찔레 덤불 속의 화려한 뱀들

저것들에 홀린 숨이
전복될 것처럼 위태롭다

아름다운 것은
질주 본능을 자극한다
구불거리는 해안도로의 풍광은
때로 경고가 되는가

리어 뷰 미러 속에서

빠르게 지워지는 것들
돌이킬 수 없는 속도
해안도로에서 옆길로 사라지는 게처럼
과속방지턱 옆길로 가면
빠져나갈 수 있다

우리를 추월하던 차가 뒤집혀 있다
풍뎅이 한 쌍이
깨진 창문에서 기어 나온다

누워서 허공을 계속 달리는 바퀴는
얼마나 더 가겠다는 것일까

졸음운전

오랜 밤의 껍질을 벗겨 내면
몇 겹의 안쪽에
두 개의 빛이 번득인다
늑대인지 사람인지 알 수 없는 신호는
늘 그렇게 온다

다시 트랙 앞에 선다
누구일까,
멀리 웅크리고 앉아 있는 사람들
죽은 엄마일까
만난 적 없는 할머니일까
제 몸을 겨우 지탱하는 풀뿌리에
걸릴까 봐 풀을 뽑는 것인가
그들을 빠르게 지나친다
빨리 달릴 때는 풀뿌리도 덫이겠지
침침한 하늘이
조울증처럼 갑자기 밝아진다

당신은 삶에 갇혀 있고
나는 죽음에 갇혀 있다

우리는 어쩌면 또 다른 삶이라는
동일한 꿈을 꾸고 있는지도 모르겠다

당장 경기장에서 나가라는 소리가
고막을 친다
번쩍, 눈을 뜬다
신호등의 푸른빛이 점멸하고 있다

사랑

一

고양이를 버리고
고양이가 엎드렸던 자리에
식탁을 놓는다

불안은 언제나 고양이를 망치지
고양이가 몸을 길게 늘이던 자리에는
고양이만 놓아야 해

고양이 없이 겨울을 보냈다
고양이가 있던 자리에는 그늘이 웅크리고 있지
나는 언제까지나
그늘을 바라볼 수 있을까

때마침 아홉 시 뉴스엔
고양이가 목이 잘린 사건으로 시끄럽다
토막 난 고양이
모자라는 몇 개의 토막을 찾아
경찰 수십 명이 막대기로
산을 찌르며 올라간다

一

고양이 한 마리
발톱을 세우며
내게 몸을 날린다

내일이면 식탁을 치우고
오드 아이 고양이 한 마리를 놓기로 한다
나는 언제까지
오드 아이만 바라볼 수 있을까

벽이 벽을 긁는다

흙이 떨어지는 곳에 공명이 들린다
긁는 것은 발톱인데
울음이 벽으로 섰다

둥근 벽을 고양이라고 부른다
속을 벅벅 긁는 너도 한 마리 고양이
저 발톱을 깎아 줘야 하나

벽이 깨어 있을 때
벽이 깬 것을 아는 고양이
언제부터 저런 호흡이 만들어진 것일까

달팽이 다트 판을 벗어난 발이
더듬더듬 슬리퍼를 핥는다
담장을 넘어 꼬리를 두어 번 올린 뒤에야
느긋하게 중심을 잡는 오후
어둠을 그루밍하는 너는
샅에 남은 면죄부를 꼼꼼하게 핥는다

피콜로 발성 중이던 참새들은

이제 둥지에 안착했을까
고양이는 팽팽한 울림통을 가진
새의 잇새를 생각하고
나는 본능이 폭발하는 고양이의
울음에 밤새 깨어 있다

새벽이 창문으로 얼굴을 들이밀기 전에
미리 창을 열어 둔다
먼 조상의 기운이 가득 들어선다

벽이 벽을 긁는다
오늘은 금 간 벽이 가렵다
안쪽을 비집으며 들리는 울음
내게도 무엇인가 떨어져 나가는지
공명이 팽팽해진다

바람만 불면

이파리만 누렇게 뜬 줄 알았는데
가지까지 뒤틀려 말라 있다
더는 젖을 빨지 못하는 뿌리
물을 갖지 못한 화분의 흙이 줄줄 샌다
화분째 내다 버렸다
미안함은 잠깐
너를 버릴 때처럼 가차 없었다

죽을 것 같았을까
그림자처럼 잠기던 너와는 달리
버림받은 난(蘭)의 가지에
몇 개의 꽃대가 올라와 입을 벌린다
발그레 돌고 있는 생기와
바람을 비틀어 잡고 있는 가지
어서 나를
어서 나를
어서 나를 돌아봐 줘

막다른 길에서는
바닥에서 일어나는 것만

몸을 돌리는 것만
발을 떼는 것만
걸음을 시작하는 것만 하면
나올 수 있었다

발그레한 가지 끝에서
벙긋대는 만개한 죽음도
비가 오고
바람이 불고 나면
분분한 꽃길로 열린다

자궁이 쓰라리다

一

너의 불길이 번진다면
주기가 끝난 내 몸에는
무엇이 만들어질까

강 건너 마을의 후미진 길 끝
금 간 축대 위의 작은 교회가
발꿈치를 들고 위태롭게 서 있다
부흥이 이루어지지 않아
걸핏하면 부흥회 벽보가 나풀거리는
빈집이 늘어 가는 동네

밤새도록 떠 있는 십자가가
아테네와 폼페이 사이에서
붉은 눈을 껌뻑이며 호객한다

교미 후에 먹히고 싶지 않은 사람은
서둘러 모텔 밖으로 튀어 나가고
골목에는 아이들이 서럽게 울면서 지나간다
그 아이들을 낳지도 않았는데
자궁이 쓰라리다

아이들은 엄마가 있어도
언제나 울음을 터트리지

이제는 울음도 튕겨 내는 이 차가운 자리에
봄빛은 어떻게 새순을 틔우려고 했을까

고목 위에 앉은 새 둥지에서
나이테 켜는 날갯소리가 숲을 흔든다
그 안의 꿈틀거림이 얼마나 크기에
사방 이처럼 환하게 파닥거리는 것일까
나이테 일부를 도려낸 나는
젖은 몸을 탁탁 털어 볕에 널고 있다

나귀가죽

―
에나멜 부비는 소리가
만개한 벗나무를 흔든다
순간을 찍는 셔터 소리와
허공에 흩날리는 건
봄이 되면 언제나 그렇듯이 불안이다

초음파와 엑스레이로
몸에서 흩어지는 것들을 찾는다
그동안 잊고 있었다고
괜찮냐고 묻지만 대답이 없다
비명이 새고 있는가 귀를 대자
두려움이 부풀어 오른다

바코드를 찍자
기운 잃고 늘어지는 것들의
남은 숫자가 나온다

상실로 태어났다지만
처음에는 알지 못했다
―
갈망할 때마다

라파엘의 공허처럼

나는 급격하게 줄어들고 있다

*라파엘: 발자크의 소설 『나귀가죽』에 나오는 등장인물. 무엇인가 욕망
할 때마다 수명이 단축된다.

닫힌 문 안에 닫힌 문이

一 뿌리의 물관을 열어
그 안에 빛을 밀어 넣은 것은 땅이 한 일
작고 푸른 투명한 색이
나뭇가지를 찢고 나온다
나무초리를 뻗어 너를 더듬는다

짐승에는 꼬리
새에는 꽁지
나뭇가지에는 나무초리
너에게는 눈초리

촉수가 닿은 자리
나는 어제 내가 내린 결정이
기쁘지 않다

한쪽 문이 닫히면
다른 쪽 문이 열린다는 말은 거짓이다
다른 쪽 문을 열면 그곳에도
닫힌 문이 있었다
— 닫힌 문이 들어 있는 닫힌 문

그 안에 또 닫힌 문

숨바꼭질은 하기 싫어
미로를 헤매는 것도 이제는 신나지 않아

네 눈에 비친 나는
네가 찾던 내가 아니다
내 눈에 비친 너도
내가 갖고 싶은 네가 아니다

푹 꺼진 그 눈동자에는
없는 것들이 가득하다

이명

—

　그림자가 앉았던 눅눅한 자리에 곰팡이가 스멀스멀 벽을 타고 기어오른다 마치 벌레 같다 알을 낳을 수 없는 벌레는 검붉은 얼룩을 만들면서 두툼해진다 포자는 달팽이관 속에 터를 잡고 퀴퀴한 냄새로 스멀거리며 새어 나온다 푸르스름한 얼룩은 더운 콧김을 내뿜는 멧돼지의 송곳니처럼 위협적이다 침이 뚝뚝 듣는 송곳니에 나는 어디까지 찢길까 귀에서 울리는 북소리는 그때 시작되었다 도망가, 어서 도망가, 위험을 경고하는 원시의 함성이 북소리를 따라 조급해진다 자리에 누우면 점점 더 커지는 북소리 일어나 달린다 산벚나무에 등을 문지르던 멧돼지가 벚나무의 몸을 가지던 시간이었을까 올봄에는 검정얼룩나비가 벚꽃처럼 온 산에 휘날릴지도 모른다

—

박동성 이명

고장 난 시계가 대학병원 상자에 어지러이 담겨 있다 바닥에는 앞으로 가지 못하는 바늘과 뒤로 덜컥거리는 초침 틀린 시간을 고집하는 망가진 부품이 떨어져 있다 휠체어 하나가 신음 쪽에 걸려 있다 누군가 억지로 돌리는 녹슨 톱니 닫힌 문 안쪽에서 터진 비명이 귓속에 무겁게 가라앉는다 긴 의자에 놓인 탁한 소리가 비웃음처럼 거슬린다 시계 수리공은 빠르게 재깍거리는 입을 막아 버리고 싶다는 듯 확대경을 끼고 낡은 톱니를 들여다본다 그는 수학자처럼 말한다 해결하지 못한 과거가 찾아왔네요 문제를 풀지 못했거나 작성하지 못한 답안이 있어요 나는 그가 매긴 채점지를 들고 이명을 담보로 한 달 치의 불안을 계산한다 밤이 되면 활발해지는 소리가 둥둥둥 울린다 재깍거리는 규칙적인 발장단에 타오르는 불길을 돌며 나는 다시 진동한다

목련

어머니가 각혈할 때면
손수건에 대고 피를 받았다

피를 보고 숨이 얼마나 가파른지
유심히 살피던 어머니는
손수건으로
남은 날들을 세고 있었을까

밟힌 목련은 유성처럼 사라졌다
해마다 봄이 질 때면
목련이 떨어진 곳의 흙이
도톰하게 올라온다

올해도 목련이 피었다
무심한 눈길에도 멍이 들던 목련
멍든 목련이 새로 핀 목련 쪽으로
곡선을 그리며 떨어진다

누군가 떠나려는지
폭신한 흙이 목련을 받으며

떠나갈 날들을
하나 둘 세고 있다

제2부

빛이 퍼붓는 날개

국수나무 꽃대에 붙어 몸을 가렸다
빛이 퍼붓는 날개에
어수선한 바람이 불었다
시스루 날개는 구겨졌지만
다소곳하다

청진기를 목에 걸친 무당벌레는
플래시를 들고
몸에 새로 생긴 점을 뒤적인다
날개를 올려서 날숨의 계보도 추적한다

내가 애벌레이기 전
함경산뱀눈나비의 어미 함경산뱀눈나비가
높은 산지의
양지바른 초지에서
태양에 비스듬히 날개를 열고
일광욕을 했다지만
동굴 속 박쥐나
어둠 속 나방족에게 놀러 갔었는지
나는 알지 못한다

—

균열되는 것들이
확대경 속에서 해체된다
몇 개의 점은 불확실한 미래조차
돼지 꼬리처럼 짧아진 나이에
생기는 얼룩일 뿐이라고
무당벌레는 청진기를 내리며 판단한다

민첩하게 날아다니며
국수나무꽃에 매달려 흡밀(吸蜜)하던
함경산뱀눈나비의 점박이
빛이 꺼져 가는 날개는
찢어진 비닐처럼 서걱거린다

어디까지 날아갈 수 있을까
다시 날아오를 수 있을까

풀숲에 떨어져
그늘이 염(殮)하는 시간을 상상하니
— 　빗소리가 뜯어먹을 것처럼

거칠어진다

엔트로피

—

폭우가 머리통을 때리는 밤이다

할부 내역 청구서와
저 혼자 화면을 바꾸는 노트북과
다 식어 버린 아이스커피와
지나간 생각일 뿐인 메모와
깎다 만 연필과
허물처럼 벗어 놓은 바지와
뒤집어진 속옷과
도장을 찍지 않은 이혼 서류와
처방받은 약봉지와
밤새 앓는 기침 소리가 있다

센서 등처럼 자꾸만 켜지는 번개
저 번개의 방에 도달하기까지
우리도 자주 불이 켜진다

네가 나로 살기 위한 아침도
내가 너로 살기 위한 밤도 없다

—

방은 들어 있을 때보다
비어 있을 때 더 긴장한다

요란한 번개의 밤이 지나고
말갛게 씻긴 아침이 방으로 들어오면
등을 돌리고 누운
번개의 방이 비어 간다

어떤 범람

수더분하다는 사람도
큰소리 한번 안 냈다는 사람도
폭발물을 누르고 있어
안전하지 않다

미담은 쓸쓸함을 밀봉한 등
뒷모습 같기도 하다
끝내 몸 상하게 하는 비가 온다
슬픔에 닿아 있지 않은 것들도
비에 젖는다

호우경보라는 말에
죽음의 그림자가 다녀갔다

조지프 콘래드가 말한
죽음이란
목으로 매달린 사람에게
5, 6센티미터가 모자라
애타는 발끝이고
놓쳐 버린 손끝이다

잠수교가 침수되고
공원이 범람한다
공원에서 멀리 떨어진 도로에도
파닥거리는 것들이 있다
단단하게 포장한 비밀이 찢어지고
틈새에서 올라온 죄책감이 떠다닌다

뿌리 뽑혀 떠도는 것들

알몸이 드러났지만
발끝이 겨우 닿을 듯 말 듯한
어두운 그림자들
더러는 어떻게든 살아 있다

*조지프 콘래드의 소설 『진보의 전초기지』.

습관처럼

낡은 뼈를 갉고 있는 개와
츄르 껍질을 놓지 않는 고양이
계속 뒷걸음질만 하고
떠나지 않는 사람

염증처럼 올라오는 통증에
귀가 아릿하다
마음속에 미결인 사람이
깜빡 등을 켜고 신호를 보낸다

너를 알아볼 수 있었던 것은
농구를 끝낸 후에 나던 땀 냄새였다
쉰내가 나는 자리에
트래픽 콘을 세워 둔다

벗어 놓은 신발에
들어온 돌들이 소란하다
쓰고 남은 군살들도 술렁거린다
더는 필요 없는 것들이
눈치 없이 모여든다

누구나 한번은 쓸데없이 갖는 희망
그래서 그랬겠지

버려야 할 것을 놓을 수 없어
너도나도 뒷걸음질한다
우리는 그래서 이렇게 살아 있다

장미에게

나, 죽이고 싶을 정도로
장미를 미워한 적이 있어,
그래? 나는 장미를 죽였어,
가시가 비틀어진 채로 목을 꺾고
미쳐 가던 장미였지

하데스의 조각 앞에서 우리는
비릿한 두 손을 몇 번이고 씻었다

알코올 중독인 오빠가 눈이 붉은 것은
가시가 불볕에 타 버렸기 때문이지
싱싱한 가시들만 주목받던 여름이었어

고운 목소리를 미끈한 두 다리와
바꾼 인어공주 말고
어부들을 잡아먹은 세이렌 말고
바꿀 것이 없었던
투구게에 대해 얘기하고 싶어
투구게는 푸른 피를 다 빼앗기고 죽었지
짙푸른 바다도 빼앗겼어

목이 꺾인 장미를 모른 체하는 것은
푸른 피를 뽑는 것과 같은 일이지

개똥밭과 외밭을 구르는 것 중
어느 것이 더 좋을까
바다로 돌아가지 못한 투구게와
말라 버린 가시를 보는 것은
기미로 뒤덮인 노인의 침묵을
바라보는 것과 같을까

이파리가 다 떨어진 장미와
검버섯 핀 손으로
더운 눈가를 까뒤집는 허수아비가
개똥밭에 뒤엉켜 나뒹굴고 있는데

너는, 너는 언제나
내 앞에 당도하겠다는 것일까

교신

메기주둥이처럼 퉁퉁 부은 입술을
의사에게 내밀었다

대상포진 사촌이네요,
잘 자야 낫는 병입니다
불면증은 없으시죠,

무엇을 먹지 않아야
아무것도 하지 않아야
좋아지는 게 있다

통증이란 말에
수백 개의 바늘을 꽂은 드릴이
자지러지는 비명을 켠다
식은땀은 다음 단계일까

언제부터였는지
물에 떠오른 물고기 한 마리가
어둠을 두드리고 있었다
막막할 때마다

비열해지는 웃음소리가 들린다
금 간 어항의 유리가 터지기 직전에야
뻐끔거리는 입에서 물방울 몇 개
수면으로 올라온다

자정에서 빠져나온
물고기가 매끄럽게 유영한다

너, 내 그림자

내 그림자가 낯설다
그림자에게도 표정이 있다면
내 얼굴 같을까
네가 뒤에 있어 믿지 않다
간섭이나 주장이 없어 편하다
너는 나의 끝에도 따라올까

콩 심은 데 콩 난다는데
콩 심을 때 새가 지켜본 콩은
산비둘기의 먹이가 되지
산비둘기는 친구들을 데려와
한바탕 잔치를 벌인다는데
내가 웃음을 심었을 때는
누가 곁눈질로 보고
그 웃음을 다 파먹은 것일까

너이면서 나
내가 웃을 때 너는 울고
내가 춤출 때 너는 쓸쓸하지
내가 환희에 가득할 때 너는 고요해

내가 낯설어질 때마다
네가 다가온다

책상 위에 나는 없고
온통 너의 이야기만
한 권씩 켜켜로 쌓여 간다

내시경

　인양된 배 어둠도 녹슬어 있었다 물 호스를 따라 내려가
니 싱잉 볼 소리가 말랑거리는 벽에 작은 물결로 부딪힌다
시간을 긁어낸 부유물이 물의 방에 담겨 있다 그곳엔 오므
린 빛도 물도 비늘도 떠 있고 이끼와 수생식물도 있다 쇠
붙이도 쇠기둥도 심해에 오래 있으니 아가미를 가진 걸까
변이하려는 아가미들이 미세한 거품을 일으킨다 부품처럼
떠다니는 해파리들이 냄새나는 말들을 쥐고 죽어 있다 가
까스로 뭍에 와서야 따개비들이 바닥에 기생하고 있어 내
몸이 배라는 걸 알았다 다시 회복하려는지 열린 창에서 쏟
아진 물고기들이 은빛으로 파닥거린다 짙푸른 회한을 떼
어 낸 자리에 암전은 있고 욥의 탄식은 사라졌다 어제의
내시경이 이러했을까? 나는 이제 자정(自淨)하려는 해일을
믿고 있다

꼬리

사는 게 벌(罰)인 사람이 눈치를 보며 아득바득 걷는다 걸음이 풀어지는 나른한 길 죽어 가는 것들과 살아나는 것들이 그늘 쪽에서 몸을 식힌다 목덜미에 땀이 배어 나오는 한낮 계절이 바뀔 때마다 손을 잡은 사람도 바뀐다 너는 생이 공짜인 적이 없었다며 만날 때마다 같은 말을 지겹도록 하고 끝나지 않는 너의 불행이 너무 커 나는 귀를 막지도 못한다 평생 벌어 자식에게 다 주었다는데 나이만큼 늘어난 이자가 가파른 그래프를 그린다 아무리 자도 잠이 부족한 사람의 한낮이 깜빡깜빡 꺼져 간다 너의 가난은 아귀가 되어 온갖 깨진 물건을 탑처럼 쌓아 올리고 탑은 피사의 탑처럼 기울기를 시작한다 어떤 신호처럼 스멀스멀 냄새가 밑동에서 기어 나온다 꼬리를 자른 도마뱀 같다 아침과 밤이 별다르지 않은 나도 열대의 벽을 기어오르려는데 꼬리가 좌우를 조종하고 있었다

권태에 대한 소묘

一   누군가의 입속에서 닳고 닳은
     식당의 수저를 입에 넣는다
     그것을 권태라고 부를까

     어디를 닦았을지 모를 호텔 수건으로
     얼굴과 가슴을 닦으며
     역한 포르말린 냄새에 숨을 멈춘다
     택시 기사의 텁텁한 하품
     엘리베이터 안에서 누군가 기침한다
     다시 숨을 멈춘다
     평소에 숨을 참는 훈련을 해야 하나
     누군가 방금 일어난 미지근한 의자
     공중화장실 변기와
     출입구 손잡이
     모든 게 다 께름칙하다
     너와의 포옹보다 더 소름 돋는 접촉과 터치
     토사물 위에 앉았던 냄새나는 햇빛이
     얼굴을 쓰다듬는다

二   전신주가 저렇게 단단한 것은

얽히고설킨 땅속 사연을
팽팽하게 당기고 있기 때문이라지

도무지 다물고 있는 입을
찾을 수 없는 지하철 안에서도
요점의 꼬리는 중심이 없어 몸부림치고
여전히 바닥을 기어다니고

불협화음이 갑자기 터지는 카페
나는 컵을 끌어당겨
누군가의 입술이 닿았던 자리에
부풀어 터지기 직전인
권태를 포갠다

우리의 소원은

一

희망 고문하는 말에 등을 돌리고
우리는 불안을 끼고 앉았다
청춘은 진작 지나갔고
쓸데없이 이제야 나타난 지니는
소원을 말하라고 한다

사형수의 마지막 식사와
오랜 침상 환자의 욕구처럼
절실했던 그 노래는 가벼워졌다
나는 유년의 맛을 찾아
가자미식해를 쌀밥에 얹어 우물거린다
걸핏하면 주먹만 한 만두를 찌고
먹다가 절반은 버릴 비지찌개를 끓인다

싸우다 금을 긋고 주저앉은 사람들은
다 어디로 도망간 것일까
이빨 빠진 울음은
어머니의 주름이 깊게 파인 곳에서
예고 없이 터지기도 했다

평생 자기 자신조차 갖지 못한

사람들   ─

다 삭은 철조망 앞에
칼바람 마주하고 선 자리
꼿꼿한 턱이 녹슬어 간다

대를 물려받은 울분보다
이십 키로를 뺐다는데도 여전한
턱살의 위협보다
줄어드는 통장 잔고에 더
손이 떨리는 우리는
매일 빼곡하게 흔들리며
한강을 넘나든다

                                                    ─

여름에 만난 슬픔

생폴드모졸 정신병원에서
고흐가 붕대를 감고 있을 때
나는 그의 아몬드나무가 되었다

고흐는 어디에 있을까
그가 몇 억 광년의 별들을
얼마나 거쳐 왔는지 나는 모른다
하늘에선 여전히 별들이 쏟아진다
고흐는 창문 저쪽을 내다보고
나는 이쪽에서 고흐의 등을 바라본다

그는 정신을 놓지 않았다
뜨거움이 과하면
몸의 일부는 잘려 나가기 마련이지
그는 과열된 몸을 열어 준 거야
구름의 문을 당기는 고흐,
문을 열자 별들이 원을 그리며 폭발한다

가난한 사람들이 손을 넣던
더러운 그릇을 생각한다

고흐의 손끝에서 살아난 시엔은
하고 싶은 말 대신 가슴을 보여 줬다
나는 쓰고 싶은 시 대신 무엇을 보여야 할까

책갈피에 끼워 놓은 생레미 드 프로방스
아몬드꽃이 고흐의 서랍에서 바스러질 때
테오는 뭉툭해진 4B 연필처럼 닳았다
뜨거운 여름에 만난 슬픔

생폴드모졸 정신병원이
해바라기 다발을 쥔 채 걸음을 옮긴다
다 바쳤다는 고흐의 아름다운 말을 듣는다
다 버리겠다는 테오의 다짐도 사랑한다

*슬픔: 빈센트 반 고흐의 작품. 시엔을 연필 스케치로 그린 그림.
*시엔: 빈센트 반 고흐가 사랑한 여인.

매미

겉울음이 있으면 속울음도 있겠지
소리 지르고
외치고
악을 쓰며
너는 눈물 없이 울고 있다
귀를 틀어막은 사람들이
진저리를 치며 자리를 털고 일어난다

너는 슬픈 게 아니라
짝짓기를 하고 싶어 내는 소리라지
짝을 찾는 소리가 땅을 흔든다
네 방식으로
너희들 방식으로
꼭 너 같은 짝을 만나려고
오직 그 하나를 위해

나는 그런 간절함이 없어
체면과 부끄러움은 하나라서
생을 다한 절실함으로
세상을 뒤흔든 적이 없다

혀를 내두르며 진저리 치는 사람들이
다 떠나는 게 싫어
한껏 울지 못했지

하여 바람에 날리는 빈껍데기에도
방금 젖을 뗀 누렁이의
축 늘어진 젖무덤에도
숙연해질 수밖에 없다

상처는 밤에

리듬을 타듯 벽을 때리는 포르테
고양이 울음일까
설마 사람 울음은 아니겠지

열린 창으로 들리는 규칙적인 포르티시모
거친 숨을 몰아쉬는 저 포르티시시모는
끝내 벼랑으로 밀리고 있다는 거다
절망과 절정은 같은 것일까

폭풍우를 몰고 오는 어수선한 힘
거절은 번개의 순간처럼 번뜩이다가
먹구름에 덜컥 걸린다

나는 부정보다 긍정을
혀에 두려고 했지만 매번 긍정은
벽에 부딪혀 부서진다

너의 말에는 벼랑 끝에 선 사람을
밀어 버리는 힘이 있다
말에도 그림자가 있다면 외롭지 않을 텐데

영혼 없는 단어가 증식한다

막말은 꿀에 재워도
약이 될 수 없겠지

경찰차의 경광등이 번뜩이자
몇 개의 눈이 유리창에 들러붙었다
사연은 과장되고
상처는 밤에 더 부풀어 오른다

피아니시모,
피아니시시모,
과장이 잦아든다
하늘이 밝아 오고 이웃에게는
몇 시간의 잠이 절실하다

제3부

이상한 일

플루오르화케톤, 젖지 않는 물
절제(切除)한 지체(肢體) 자리를
차지하고 있는 환상통
플라시보 위약 효과
상상임신으로 점점 불러 오는 배
인체가 보호하고 키우는 이질적인 태아
사랑에 빠진 사람들이 만드는 하트 눈
이 차갑게 식는 짧은 시간
납치범을 사랑하는 인질
갠지스강 아래에 쌓여 있는 죽음과
성수를 마시는 생명
부작용을 지우려고
부작용을 만드는 성형

늑대를 기다리며 해안을 서성거리는 물개
거북이의 눈물을 마시는 나비
푸드덕거리며 날아올라 구름 속으로 사라지는
검은 그림자 떼
매일 죽고 매일 살아나는 불덩이들

전봇대는 안녕, 하고

오토바이 배기통에서 나오는 가스에
스친 것 같았다
담뱃불에 덴 이마 같았다
주름지며 어둠이 가라앉을 때도
불나방의 불면이 허공을 환하게 맴돌 때도
길고양이는 술꾼들이 남긴 악취를
견디며 밤새 울었다

몸 곳곳에 빗방울이 꽂히면
치매 노인의 속곳처럼
너는 함부로 낙서당한 기분일까
너에게는 나팔꽃 줄기의 등을 받쳐 주는
쿵쿵대는 벌도 있다

오늘은 질질 끌려가는 개를 보고는
다리를 잘라 주고 싶었다
땅따먹기하는 조무래기들처럼
아주 멀리 달아나 버리라고

꼭지처럼 붙어 있는 등속의 빛

어제 달린 가스등은 믿음을 주었다
매달리는 것은 붙드는 것과도 같아서
백야는 다시 백야로 이어지고
바퀴 없는 것들도 빠르게 굴러간다

그림자만 돌아오는 날도
상현달처럼 한쪽이 지워진 날도
너는 환하다
지금은 안녕,이라고 말하지만
아무도 넘어지지 않게
버티고 있다
냄새나는 아랫도리가 썩어 가도
너는 기다리고 있다

이별은 영화처럼

—

    네가 말한 영화를 보고 있다 한 남자가 여자에게 건넨 단어는 노을 색으로 물드는 중이다 노을이 어둠에게 밀려 곧 어두워졌다 계단 아래는 어제 떠난 사람에게 버림받은 고백이 이리저리 밀려다닌다 검붉은 심장이 곳곳에 터져 있고 가슴 밑바닥을 긁는 건조한 소리가 없는 이름을 부른다 몇 개의 가로줄 위에 낮은 음표로 매달린 적막이 떨어질 듯하다 유리창에 비친 남자의 얼굴을 북북 긁으며 여자의 설움이 흘러내린다 당신이 나를 떠올렸다는 장면에 정지 버튼을 눌렀지만 여전히 재생 중인 불안 가로줄에 걸린 축축한 얼굴이 빗줄기를 따라 일그러진다 폭우는 통곡이라고 너는 은유로 말하지만 나는 네가 영화 이야기를 하고 있다고 생각한다

—

이해

너의 이해와 나의 이해가 충돌하는 곳에는 부서지거나 망가지는 것들이 있다 망가지는 것은 굉음을 내고 젖거나 뭉개진다 뭉개지며 마찰하는 것에서 불꽃이 튀면 귀를 틀어막은 너의 이해가 문밖으로 튕겨 나간다 얼마나 시력이 좋아야 나는 너의 이해가 보일까 나는 푹신한 두 개의 불안을 깔고 앉아 심호흡한다 너는 사람들의 가면을 잔인하게 벗겨 내지 때로 칼날 같은 유머가 터지고 우리의 믿음이 부딪힌 벽에는 추상화 같은 얼룩이 생긴다 너는 너를, 나는 이해를 지키려고 동굴을 판다 나는 작품이 되지 못하는 추상화 자리에 문을 내고 너의 손을 잡는다 이해하지 않아야 곁에 둘 수 있는 것들이 점점 늘어 간다

낙마

무거운 오른쪽 무릎에
의사가 주사를 놓는다
절뚝거리며 들어간 병원을
사뿐하게 걸어 나온다

몽골에서 말 탔을 때 다친 거라며
의사가 원인을 찾아 준다

낙마가 아니어도 다친다는데
손상은 치명적이기도 하지
말을 타지 않아도 낙마한다니
사랑에 빠지지 않아도
이별할 수 있다는 말인가

나의 말을 보았다
아름다운 말이었다
고삐만 잡았던 나는 도대체
언제 낙마해서 또 이렇게
아프다는 것일까

다치지 않으려는 안간힘
떨어지지 않으려는 몸부림
놓치지 않으려는 욕심이
말발굽에 밟힌다

아프지 않고 얻은
가장 좋은 선물이
처음부터 있었다는 것을
상실이 시작된 지금
알게 되었다

물거미

물거미는 더 이상 거미줄을 뽑지 않는다
대신 부레옥잠같이 수면에 집을 짓는다

거미줄 대신 작살을 잡고 사는 거미들
나룻배 하나면 족하다
노만 있다면
물속에 들어온 노을을 건지고
물속에 묻은 조상의 뼈도 줍는다

공기주머니를 가진 물거미
한때 거미는 아가미를 가진
짐승이었다고 한다
내 어깻죽지에서 줄이 툭툭 끊어진다

거미가 짝짓기할 때
오르페우스가 하프를 연주하듯
내가 아는 첼리스트도
첼로를 안고 현을 튕기지
달 붉어 밤이 깊은 날
나는 그의 현에 묶여 있었다

네 개의 현에 대한 시를 썼다
시를 쓸 때마다 거미가 보인다
현에 매달렸던 거미가
흰 종이 위로 기어다닌다
거미가 낳아 놓은 알 같다

어떻게 내 몸으로
거미의 피가 들어온 것일까
거미의 후예들이
내 앞에서 활개 치는 이유가
나라는 게 믿어지지 않는다

행간 사이의 짧은 줄이
툭툭, 끊어진다
거미줄은 퇴화했고
아가미는 진화했다

거미줄에 걸린 골목

사방으로 날뛰는 폐허
양다리로 간신히 붙들고 있는 거미는
접혔다가 펼쳐지는 꽃을 가졌다

흰칠하게 잘생긴 건물 뒤
얼기설기 바람으로 엮은
남루를 펄럭이는 골목이
벌건 엉덩이를 드러낸 채 엎드려 있다

볼썽사나운 것들이 발돋움하며
현란하게 키 재기하는
대형 스크린 아래 구룡에는
TV와 냉장고 바람 등 필요한 것은 다 있다

펠리스의 로고가 밤마다 눈을 찔러 대도
목소리를 낮추는 사람들이 엎드린 방
철거반원들의 출입 금지 구역
큰 그림자가 차지한 뒷마당

금 간 화분에 핀 데이지와 함께

한쪽으로 밀려난 바람벽이
가까스로 가린 치부를 들추며
쿰쿰한 냄새를 맡는다

요란하게 들썩이는 문에
누군가 걸어 놓은 샹들리에가
환하게 켜질 날을 기다린다

스테판 하우저의 알비노니 아다지오

네 눈은 차갑고
내 가슴은 쿵쾅거린다
브리지 사이로 빠져나가는 살모사
집요한 활의 움직임이
등줄기를 타고 올라와
목덜미를 휘감는다

나는 이미 세상의 다른 쪽 길로 들어섰다
고통 속 몸부림이 찾아올 때에야
우리는 비로소 사랑을 깨닫는다

활이 가파르게 움직이고
멍든 버튼이 눌릴 때마다
토막 난 기억이 울부짖는다

불안과 우울이 팽창하자
낮은 탄성은 순식간에 미궁을 헤매고
나는 네 활에 묶여 끌려다닌다
더더 더,
감질나는 갈증

우주 어디에선가 대폭발과 섬광이
있었다고 한다
참았던 숨을 토하자
폭죽이 소멸하며
모공 하나하나에 긴 떨림으로 맺힌다
가까스로,
빠져나왔다

활털 몇 개 끊어진 활이
허공을 긋고 내려오자
과열된 공간이 일제히 일어나
출렁거린다
직립 사이로 터지는 박수

나는 방금
치열하게 사냥을 끝낸
맹수를 보았다

*스테판 하우저(Stjepan Hauser): 크로아티아 출신 첼리스트.

변검

내 목표는 죽지 않고 사는 것인데
나는 죽음 속으로 걸어가고 있다

피가 뛴다
발바닥이 뛴다
손등이 뛴다
가파른 숨이 뛴다

히잡을 벗고 얼굴을 보여 준 여자가
죽었다는 기사를 읽는다
가면을 벗자 살해된 사람들

변검처럼 수시로 바뀌는 가면을 쓰고
살아남은 사람들이
다정하게 악수하며 사진을 찍는다

나는 목젖까지 잠근 단추
몇 개를 풀고
쇄골의 끝을 보여 주지만
그것도 믿을 수 없는 민낯이다

나는 이제 나조차 궁금하지 않은
오후 다섯 시의 태양
그때의 태양은 익명이다
뜨겁고
비밀스럽고
가파른 쇄골처럼
재가 되어 가는 불덩어리

갱년기 여자의 벌겋게 달아오른
불그죽죽 대책 없는 얼굴에는
어떤 가면을 씌워야 하나

호박(琥珀)

一　　　너는 벌레만 보면 밟아 죽이지

　　　네가 방바닥을 기어다니던 아기 때
　　　바퀴를 입에 넣으려고 했어
　　　바퀴보다 빠른 손
　　　나는 가구와 냉장고 변기 뒤
　　　구석구석에 독을 발랐어
　　　바퀴는 알을 흘리며 밖으로 굴러갔지

　　　벌레나 쥐가 더 이상
　　　너를 놀라게 하지 않는 전사
　　　군화와 철모를 쓴 남자는
　　　벌레 따위에 더는 심장이 벌렁거리지 않아
　　　살아 있는 것을 가차 없이 죽이고도
　　　부끄럽지 않은 사람을
　　　우리는 전사라고 부르지

　　　너는 이제 내 주머니를 탈탈 털어서
　　　죽은 벌레를 애인의 목에 걸어 주려 하네
二　　　노랗고 투명한 벌레의 무덤

그 예쁜 것을 고르느라
네 눈은 쥐콩처럼 반짝거리지

천 년이 지나야 투명하게 빛난다는
송진 덩어리
빠져나오려 발버둥 쳤던
미세한 기포가 있으면
진짜,라는 인증을 받는다지
그 몸부림에 황금을 입혀
연인의 목에 걸어 주면 그녀는
너의 갈망을 진짜,라고 믿어 줄까

기포를 만들며
발버둥 친 처절함을 금으로 감쌌다면
나의 어제도 진짜,라는 인증을 받을까
천 년 후에
내가 모르는 어리고
어린 사람들에게서

너를 들으려고

一

두 개의 귀를 갖는다는 것은
두근거리는 일이지
고흐가 귓불을 잘랐다는데
사실은 굴욕을 잘라 낸 것이지

투우에서 승리한 투우사는
소의 귀를 조금 잘라
기뻐하는 애인에게 주었지

타이티의 여자들을
보는 대로 품었다는 고갱은
시든 해바라기와
멍청해 보이는 고흐와
세필을 들고 있는 고흐를 그렸어

쉽게 본다는 건 너처럼
함부로 대한다는 건 너처럼
자기가 서 있는 바닥으로
끌어내린다는 것이지

一

고흐는 자기 귓불을 잘라
모욕을 날려 버렸어
듣고 싶지 않은 소리를 날린 것이지
날린다는 말에는
종이비행기의 날개나
풀을 치는 낫질이 들어 있지

나는 직소 퍼즐로 된 세계를
맞추는 중이야
테두리는 반듯하지만
들어갈수록 복잡해지는 길

때로는 구불구불한 길 끝이
보이지 않아
모든 것이 어둠 속에 갇힐 때
무덤을 자주 말하는 사람은
길 위에서도 침묵하지

셔츠의 마지막 단추를 채우는
결말은 누구나 같아

떠날 때 잘 닫아야 한다는 뚜껑은
남은 자들의 바람이지

고흐가 잘라 내고 싶었던
달팽이관 속 불길이
찾아온다면
나도 그처럼 당당할 수 있을까
더는 망설이지 않을까

오늘 내 책의 한쪽 귀를 자른다
멍청해 보이는 내 사진을
인터넷에 올린 너는
지루한 넋두리로 사람들 사이에서
점점 작아지고

귓불을 잘라 내도
쉽지 않은 생은 바람처럼 흩어져
쉽게 보는 이야기로 떠다닌다

마지막까지 소리를 열어 두는 것은

너를 들으려고

샥스핀을 위하여

―
상어는 강하다
강한 것은 지느러미인데
지느러미가 약점이라는 것을
뱃사람들은 어떻게 알았을까

피비린내 번지는 바다
빠져나가는 마지막 피가
파고를 높인다
물고기들이 떼로 몰려들고
상어는 잠수를 시작한다

수면 위로 솟구친
전기톱 돌아가는 소리가
공중에서 길게 잘려 나간다
물속으로 빠르게 내려가는
저항을 버린 몸통

상어의 바다는 여전히 컴컴하다
죽을 때까지 상어는 약하지 않다

―

저 비명을 긁어서
포식자의 배 속에 무덤 하나 만들까
쫄깃함을 삼킨 목에 환상통을 넣어 줄까

아무래도 상어에겐
급소를 단번에 찌르는 창이 필요하겠다

거기, 그 길

은행나무가 견디지 못한 냄새를
길바닥에 쏟아 놓으면
냄새는 바닥에서 제 무게로 짙어 간다
만지면 파르르 떠는 페르시아고양이 같다

어제와 어제로부터
냄새가 만들어 놓은 길
그 골목을 피해 돌아간다

바람 속 냄새가 짙어 간다
매달린 것들이 떨어져 바닥에 구르면
거친 발길에 으스러진 게
밟힌 가방이 너 같아서
지나가는 계절마다 울컥거린다
갓 나온 이파리가 누렇게 떨어져
새싹이 나온다 해도
호박에 등을 켜는 가을이면
어김없이 만나게 되는 네 이름

얼룩진 보도블록을 교체하는 사람들이

냄새를 뱉으며 빵을 삼킨다
겨울을 넘기고 여름이 지나가면
새 보도블록 사이로 다시 올라오는
동강 난 소문

애써 피하는 발길을 당겨
다시 돌려세우는 길
해마다 새것으로 단장해도
언제나 막막한 거기, 그 길

극점이 아프다

백화점 매장을 박살 내고 바닥에 누운 여자
그녀의 화는 정말 신발 때문이었을까
여자에게서 나온 악동이 발버둥 친다

가슴의 환부를 도려낸 이후로
어디서나 브래지어를 벗던 친구
팔꿈치부터 겨드랑이와 배꼽을 비껴
중심을 지나간 칼날의
섬뜩한 한 획,
그녀가 살아온 길 같다
꿰맨 자리를 자꾸만 뜯고 나오는 비명

강남에서 칼을 물고 나체로 시위하던 여자
몸통에 설움을 획획 그으며 칼춤을 춘다
여자가 꿈꾸던 초원이
살얼음 한파와 대결하는 중이다

교회 앞마당에 누워 남편에게 발악하던 친구
거룩한 사람들을 모욕한 죄와 벌
남편과 딸, 친구들이 등을 돌렸다

바닥은 바닥을 끌어당긴다
낭떠러지까지 밀린 사람은 안다
너덜거리는 안쪽을 수선하지 않으면
끝내 자신을 찢게 된다는 것을

대신 울어 주는 얼굴은 없었다
그 알량한 화장을 지우기까지
그녀들은 또 얼마나 아팠다는 것일까

불행의 역치가 정점을 찍을 때
과열된 몸뚱어리는 입맛을 다시는
거리의 시식거리가 된다

제4부

인공위성

한겨울의 높바람을 지나온 독사가 독이 잔뜩 오른 채 풀숲에 웅크리고 있다 건드리지 마라 풀숲도 방패처럼 바람을 막고 있다 청딱따구리는 고목에 있는 벌레를 쪼고 벌레는 단단히 숨어서 나무의 속살이 되어 간다 손절의 시간 어리석은 민낯 카드로 만든 집이 무너지는 중이다 기적이 되는 사람은 떠나고 행간이 없는 사람들이 모여들어 떠든다 밤이 되어도 별은 보이지 않고 지상 일 미터까지 찍어 대는 싼 티 나는 불빛 나는 언제 빠질지 모르는 늪지대를 지나가고 고집스러운 너의 불꽃은 매캐한 연기를 피우며 젖은 가지만 더듬다가 꺼진다 울타리 밖은 환하게 흔들리고 빛이 만개하자 모인 사람들이 하늘하늘 떨어진다 외로운 너는 개를 데리고 밖으로 나가고 개가 없는 나는 네가 있던 동굴을 치우기 시작한다

천국의 날

一

오늘이 과거가 되었다
눈부신 날이다
다시는 되돌아가지 않을
나를 다짐한다

밀크초콜릿을 입에 넣고
혀가 데이지 않을 만큼의
뜨거운 아메리카노를 마신다

너의 욕심과
나의 결핍이 부딪힐 때
아메리카노와 밀크초콜릿은
찰나를 모호하게 녹인다

툰드라의 네네츠족은
무리 중에서 늙은 순록을 잡는다지
그들은 순록을 먹으며
순록의 가죽을 지어 입고
발끝까지 순록이 된다

一

장대에 꽂힌
잘린 순록의 머리는
동쪽을 향해 달콤하게 시든다

성수기 직전에 폐업한 나는
잠긴 출구를 향해 다시
턱을 높이고 일어난다

화려한 날들만 생이 아니었다
겨울과 봄 사이에서
나는 날마다 죽어 가고
네네츠족처럼
다시 무엇으로인가 태어난다

순례길

아무튼 그 사랑은 숲이 되지 못했다
머리 위에 떨어지는 물똥이나
고작 그것을 피해 걷는 길 같았다

걷다가 들어간 사이프러스나무 속
끝이 보이지 않는 퍽퍽한 길
에펠탑을 지나고
풍차 마을을 지나고
빅 벤을 지나고
지중해를 건넜지만
다시 매캐한 나무 속이다

바닥을 아는 사람만이 찾는다는
이 길에서
스무 살의 나와 마주한다
나를 용서하는 일은
나무 속을 걷는 것보다 더 어려웠다
나는 얼마나
언제까지
나를 견딜 수 있을까

사이프러스 길 끝
끊긴 그 길까지 가려면
더 친절해져야 한다

살아가는 일에 중독된 사람이
죽을 날을 결정할 수 있을까
나무 속에서도
다시 굴러오는 운(運)에 올라타야 하는
아침을 만난다

늑대 사냥

칠이 벗겨진 난간에 걸터앉아
난간이 하는 말을 듣는다

어떤 말은 눈발처럼 하얗고
어떤 말은 고양이 털같이 가벼워
난간에 서고 싶지만
뚱뚱한 그림자로는 건널 수가 없다

난간은 죽은 자나
바람의 피가 흐르는 종족만이
건널 수 있다는데
너는 어떻게 저 난간을 건너왔을까

칼은 어느 쪽이든 칼날이고
난간도 어느 쪽이든 난간이지

말이 흉기가 되는 건
심장에 꽂힐 때가 아니야
혀의 난간 위에서 부서질 때지
정작 베이는 것은 너와

베인 줄도 모르는 나

에스키모인들은 늑대 사냥을 위해
칼에 짐승의 피를 발라 놓는다지
늑대는 허기가 칼인 줄 아는 걸까
핥다가 베이고
베인 것을 다시 핥는
선뜩한 피 울음

빠져나오지 못해 계속 빠져드는
입안의 덫
멈출 수 없어
핏물 떨어지는 칼날을
쉼 없이 핥는 나는
컴컴해져서야
다가오는 발소리를 듣는다

모래바람

가끔 냄새나는 침을 뱉을 뿐
낙타는 뿌옇게 다가오는 모래바람
끝을 보고 있다

올가미에 머리를 들이미는 노을이
순례자의 발끝에 닿는다
양몰이 개는 왜
아무것도 물어뜯지 않는 것일까

지평선을 펼치다가 뭉개고
다시 세워 올리는 흙먼지부심
지도를 매일 새로 그리는 모래언덕이
불덩이를 삼키기 직전이다

걸음을 뗄 때마다
발목을 잡았다가 놓는 모래언덕
얼마나 되었을까
불덩이가 식은 지 오랜 해골 몇 개
낙타의 발길에 걸린다
죽어서야 비로소 땅이 품은 것들이

드문드문 풍화하고 있다

짐승의 것인지 사람의 것인지
이름 지워진 것들을 가진 모래언덕
시작이나 마지막에 머무는 곳
아니 평생 걸었을 사막

한때 굳은 심지였던
불길이 사위어 간 뼈 사이로
모래바람이 들락거린다

얇은 두건 한 장으로 가린 얼굴이
남은 길을 가늠하고 있다

하르마탄

─

그는 끝까지 저항했다고 한다
불에 바싹 구워진 채로 발견되었다는데
아무도 묻지 않았다
무엇에 그토록 저항했는지
다만 그의 짓이겨진 손등과
없어진 코에 대한 추측만 무성했다

별들이 배열을 시작했고
하르마탄이 몰려오고 있다

제 그림자를 끌고 걷는 낙타는
게르 한 채를 지고 있는 것처럼 등이 버겁다
붉은 모래가 벌린 입에 가득한 것은
어제 죽은 그림자다

갑옷은 필요 없는 길
바람을 막을 긴 천과
물을 찾을 삽이 필요하다
필요한 것은 물인데
─
물은 사랑처럼 바로 없어질 것이므로

우리는 삽을 챙긴다

다시 별들이 도열하고
하르마탄이 도착했다

모래바람 속에 모든 것이 묻혀 가도
배신도 한때는 사랑이었다며
남으려는 사람이 있다

다시 이동하기 시작한
긴 그림자들이 남긴 이정표는
행복한 날과
불행한 날이 교차하는 오늘이다

추측과 상상 사이에서 떠돌던 코는
하르마탄에 갇혔고
너는 이정표가 가리키는 방향으로
다시 너를 일으킨다

모허 절벽

삼억 년 동안의 고독을 견디면
저런 색을 가지는 것일까

절벽이 소금을 숨겨 놓았는지
야생 염소가 가파른 절벽을 기어오른다
견디지 못한 발밑 돌멩이가
벼랑으로 굴러떨어지는
좁은 땅을 디디고 염소가 서 있다
긴 수염을 날리며
멀리 북대서양을 바라본다

안개와
암흑과
불길을 밀어 올리는 바다
모허의 바람 앞에서는
입고 있는 모든 옷이 날개가 된다

절벽을 고통스럽게 감각했다
뜨거움이 과하면 고통이 되는가
삼억 년의 바람을 침묵으로 버티는

짙푸른 소금과
트롤의 혀와 같은
회백색 검은 여

어둠이 삼켜 버린 노을과
날카로운 절망 앞에서
오늘 다시 너에게 간다

회초리

흙먼지가 길 위에 길을 낸다
그늘도 타들어 가는 길
벗어 놓은 허물 같은 대낮이
종일 너덜거린다

나는 뱀이 아닌데
기어서라도 이 길을 통과해야 하나

길고양이가 문을 긁을 때 모르는 척했지
모여드는 모기떼에 살충제를 뿌렸고
그악한 손아귀에 잡혀
질질 끌려가는 여자를 구하지도 못했어
맹꽁이가 울어 대는 논바닥에 돌을 던지기도 했지

잘못한 수십 가지 목록을
낱낱이 조회하는 중이다
이런 것도 죄라고 말할 수 있을까
삶에도 사소한 꿈에도
채찍이 앞서 나선다

가차 없이 후려치는 회초리
맨몸으로 맞고 있다

엄동설한에 내몰린 얇은 속옷은
탈피할 때 가장 약한 속껍질
허물도 잘 벗어야 단단해진다는데

선선한 바람에도
가장자리로 밀려나서
몸부림치는 것들이 있다

부당거래

一   생일 케이크를 고른다
      네가 좋아하는 레몬생크림케이크로 할까
      내가 좋아하는 화이트초콜릿케이크로 할까
      내 생일인데,
      쇼케이스 안 화이트초콜릿케이크의
      달달함을 상상한다
      나는 몇 번이나
      생일 케이크를 사게 될까
      내 소원은 몇 개나 더 남은 것일까

      사랑은 언제나 사랑,이라고 우기는 것은
      우리가 외면하고 싶은 진실이
      따로 있기 때문이다
      사랑은 카스테라를 감싸고 있는
      레몬생크림이나 초콜릿이고
      몇 번 먹으면 바닥나는 케이크와 같지

      하늘이 불그죽죽 피칠하는 시간
      피가 가득 고인 원판을 바라보며
―   종일 숨 가쁘던 나는 잠깐 공백이 된다

밀레가 그림 속에
아이의 주검을 숨겨 두었기 때문일까
축하해야 할 하루는
비명도 없이
절벽 아래로 곤두박질한다

죽어 가는 사람을 다시 눕히는 의료법과
줄어드는 숨을 긁어서 피를 돌리는 병원과
불판을 문지르는 아이의 터진 손등이
하나로 결박된다
처음부터 거래는 공정하지 않았다

선 긋기

오래된 도시와 폐허를
가로지르는 사람은
새 옷을 입지 않는다

사라진 이름과 지워진 얼굴
땅속에 묻힌 미소를 더듬어
폐허에서 그의 무덤을 찾는다
밑동이 헐거워지고 있는 빗돌 두 개
화가의 이름과 동생 테오의 이름이
빈센트라는 성과 함께
잡풀 사이에서 기울고 있다

어스름 해가 지기 시작했다
문득 상상한다
여기 누워 있는 죽은 자들이
일제히 일어난다면
나는 무서울까 반가울까
그들이 남은 뼈를 추스르고 나온다면
도망갈까 끌어안을까

一

떠난 사람들이
돌아오지 않는다는 확신 때문에
나는 모두를 그리워했다
이승과 저승 사이에
너와 나를 가르는 선 하나

장미가 새카맣게 죽었을 때 나는
버릴 궁리만 했다
미풍에 쓰러지고
가랑비에도 찢어지는 나의 근본

봄바람에 날아다니는 홀씨처럼
나는 떠다니다가 주저앉는다
저 세계가 이쪽으로 넘어오지 않아야
다시 일어날 것이다

희망 고문

　─　　　배달된 전복 상자를 열었다
　　　　집 안에 비릿한 파도가 들이친다
　　　　껍데기를 솔로 문지르고
　　　　이빨을 떼어 내고 다듬으니
　　　　전복이 멍텅구리 배 같다

　　　　만신창이가 된 전복이
　　　　전복된 배에 몸을 붙이면서 건너간다
　　　　그날 우리는 파도에 밀려
　　　　도시로 나가는 배를 놓쳤다

　　　　성폭행범이 출소해서
　　　　불안해한다는 뉴스를 들었다
　　　　떼어 내고 잘라 내도
　　　　소용없는 것들이 늘어만 간다

　　　　파도칠 때마다
　　　　우리는 섬에 고립된다

　─　　　전복에 가득한 파도의 사연이

냄비 속에서 부글부글 끓어오르고
그것을 두어 국자 퍼서
너의 허기에 담는다

골라서 담을 수 없는 사람과
골라낼 수 없는 뉴스가
죽탕이 되어 들끓고 있다

우리는 언제나 말한다
거의 근처에 도달했을 것이다,
거의 다 왔다,라고
그렇게 속이며 속으며 살아간다

태양, 바람, 눈

태양, 바람, 눈은 쇄빙선과 하나다
단단한 것들이 깨져야 열리는 길
깨져야 드러나는 속이 있다
드러난다는 것은
틈입이 가능하다는 말이다

아이는 유리창에 입 모양을 찍고
시리게 반짝이는 태양, 바람, 눈이
쉼 없이 신호를 보낸다
이곳의 눈발은 바닥에서 솟구치는
빛이라며 선장이 웃는다

아, 바닥에서 솟구치는
빛이 폭발하는 바다가 있었지
에드워드 호퍼가 서 있던 케이프 코드
그 갈고리 곶에 방 하나 꽂으면
익명으로 지워지는 것이 언제나 가능했다

누군가 나직하게 더듬더듬 부르는
라마르세예즈

눈의 마그마에서 출구가 지워진다
영화관과 담배 가게는 일찍 불이 꺼졌고
내리는 눈발이 허공을 밝힌다

해가 지자
서둘러 어두워지는 마을에서는
이른 밀착도 부끄럽지 않다
살냄새는 태양, 바람, 눈과
밤새 닿아 있다

*라마르세예즈: 프랑스 국가(國歌).

베르니나의 심연

一

추위를 겹겹이 껴입고
뚱뚱한 곰이 되었다
반사되는 창의 심연을 오래 바라보았다
나무는 공중에 떠 있고
멀리 능선을 밟고 있는 신의 발이
바람에 지워지는 중이다

모두들 침묵했다
바스러지는 빛에 눈이 찔린다 해도
선글라스를 벗어야 했다
산등성이에서 어슬렁거리던 빛이
보송한 털을 날리며
빠르게 달려 내려왔다

살을 찢는 추위를
켜켜로 쌓아서
내려오는 해의 꼬리에 불을 놓았다
불길이 허공을 빙그르르 돌다가
서서히 사위어 간다

一

산사태가 와도
건물과 버스가 찌그러져도
재앙이라는 말을 하지 않았다
알프스를 넘어온 태풍에
지붕이 날아갈 듯해도
기차는 물결무늬 속으로 달렸다

허공을 꽝꽝 두드리면
금이 쩍 갈라지는 베르니나의 심연이
네가 아웃포커스로 찍은
사진에 들어 있다
신의 얼굴을 절반쯤 먹어 버린 빛이
사진 속에서 투명하게 번뜩인다

너의 이마가 가까이 다가왔다

북극곰의 바깥

북극곰은 빙산의 바깥에서
바다색이 되어 간다
흐늘거리는 철창
비척거리다 풀썩 주저앉는 작은 섬이
줄어드는 중이다

회백색 안개가 벗겨지고
동틀 때 올라오는 푸르스름한 허기
북극곰의 엉덩이는 여전히 서늘한가
흔들거리는 빙산이 돌아본다

빙산은 안쪽이 얼마나 차가워야
무너지지 않는다는 것일까
영하 78도의 드라이아이스가
기화를 시작하자
쩍쩍 들러붙던 냉기가 녹아내린다

등뼈가 끊어진 산이 안개로 흩어진다
건너고 싶은 섬이 아이스크림처럼 흐른다
어린것들을 데리고

물속으로 들어가는 북극곰은
긴 잠수를 하려는 것일까
회색 고래로 진화하려는 것일까

우리는 북극곰의 바깥에서
썩지 않는 공기를 애써 만든다
카메라 앞에서 서명하고
손을 잡은 사람들이
끈적거리는 늪을 붉은 리본으로 장식한다

우리를 태운 찌그러진 바퀴가
굉음을 내며 돌고 있다

멈춤, 그다음은

─

모기채에 걸린 모기가 타 죽는다
그렇게 죽음은 딱 삼 초였다
막힌 숨구멍이 숨벙숨벙 열린다

새카만 모기의 침을 맞은 가을밤이
벌겋게 부풀어 오른다

모닥불 앞에 둘러앉은 우리는
은밀한 가려움을 하나씩 고백하고
나는 물너울에 떠밀려온 죽은 물고기 떼와
어지러웠던 한낮을 얘기한다
너는 지금도 그때처럼
시간이 느리게 간다고 믿는다

가을 모기 때문에 우리 사이가 가렵다
너는 상처를 부풀려 가슴을 치고
나는 덧난 곳을 벅벅 긁는다
유난히 부풀어 오른 별자리도
제 상처를 긁는지 계속 번쩍거린다

─

내일이 더는 궁금하지 않은 나에게
떠돌다가 멈춘
우크라이나 여자가 울부짖는다
도대체 이 저주의 다음은 무엇이냐, 라고

전쟁놀이

가족이 떨어졌어요
산이 무너졌어요
폭탄이 터졌어요
아이가 죽어 가요

아이가 새로 배운 글자가 명령어가 되자
대기하던 문장이 발을 구르며
그의 신호를 받는다

그는 하늘을 겨누고 말한다
나는 저들이 궁금하지 않아
문밖의 비명은 언제나 있었지

오늘은 거실의 페르시안 카펫 위로
포탄이 함부로 굴러들어 왔다
사각 문양 안에서 뒹굴던
아이들의 웃음소리는
기록조차 없이 지워져도
그는 중국 음식을 시키며
젓가락질 재미에 빠져 있겠다

내일은 지붕 위에서
불꽃놀이가 있을 거라는데
잃은 길 안내하던 별들도
태초의 폭발처럼 지워질 것이다

기형적인 머리통이
끊어진 도로의 표식이 되고
네가 안고 잠들었던 인형도
어느 사나운 바퀴 아래 깔려
팔다리가 잘려 나갔다

문 앞에서 너를 부르던 친구가
너의 집 벽과 함께 터졌구나
시작이 있는 끝이거나
끝조차 없는 시작에서 멈춘 사람들이
매일 그래프로 남는다

곰 사냥을 하려는 무리들이
그의 이빨과 발톱을 빼기 위해 속속

모여들고 있다

생의 불안을 가로지르는 삶의 지평

이병국(시인, 문학평론가)

눈부신 것들이 그늘을 밀치고

강민영 시인의 두 번째 시집 『외로운 너는 개를 데리고 밖으로 나가고』의 시작은 이렇다. "인도에서 날아왔다고 한다"(「벵갈고무나무 화분」). 그리고 나서 시집의 끝을 "곰 사냥을 하려는 무리들이/그의 이빨과 발톱을 빼기 위해 속속/모여들고 있다"로 맺는다(「전쟁놀이」). 벵갈고무나무라는 식물성의 세계에서 전쟁이라는 참혹한 동물성의 세계로 이동하는 강민영 시인의 시적 사유는 삶의 노정 속에서 감각한 생의 의지에 기반한다. 물론 벵갈고무나무가 인도에서 지금 이곳에 놓이기까지의 여정은 식물에 깃든 정적인 이미지를 배반한 것인 만큼 '벵갈호랑이'의 역동성이 그것에 깃들어 있음을 짐작할 수 있다. 이러한 점은 시인이 응시한 벵갈고무나무 너머 그에 투사된 시인의 생을 치열한 투쟁의 과정으로 인식할 수 있다는 데에서 비롯된다. 그런 이유로 벵갈고무나무를 벵갈호랑이로 전유하여 감각하는 시

129

인에게 "곰 사냥을 하려는 무리"의 저항성은 존재가 지닌 생의 역동성을 화분의 범위 안에 머무르도록 억압하고 "문 밖의 비명은 언제나 있"는 것이라 여기며 반복되는 고통에 무감하도록 강제하는 폭력의 주체인 "그의 이빨과 발톱을 빼"겠다는 존재론적 기투로 전유된다(「전쟁놀이」). 그럼에도 전쟁을 '놀이'로 발화하는 이유는 무엇일까. 이에 대답하기 위해서라도 시집 전반에 깃든 강민영 시인의 세계 인식과 삶의 태도를 톺아 볼 필요가 있다.

  알다시피 시는 시인이 상상적 층위에서 수행하는 창조적 활동이면서도 시인의 실제적 삶과 연동되어 복잡한 관계망을 포섭하는 구체적 실천의 양태이다. 시인은 자신의 삶을 되돌아보며 그로부터 감각된 보편적 진리를 언어화하여 시로 형상화한다. 그것이 어떠한 결과물로 발현될지는 시가 완성되기 전까지는 알 수 없다. 그저 모든 가능성을 열어 둔 채 시인으로서의 자의식을 고민하며 외적 세계의 잠재적 부면들을 끌어안을 뿐이다. 이러한 창작 행위는 존재론적 차원에서 시와 삶을 나란히 놓으며 우리에게 삶이 쓰는 시와 시가 쓰는 삶의 양상을 경험하게 한다. 강민영 시인이 그려 낸 삶의 양태가 시적 사유에 기반한 것이든 또는 시의 양태가 삶의 사유에 기반한 것이든 그것을 분리하여 판단할 수 없을 정도로 긴밀하게 연결되어 시로 구축되어 있다는 것은 분명한 사실이다. 그리고 이는 우리가 삶의 과정에서 경험한 고투의 기억과 거기에 내재된 생의 불안과 결합하여 강한 공감을 불러온다. 「벵갈고무나무 화분」을 좀 더 읽어 보자.

인도에서 날아왔다고 한다 나는 벵갈호랑이는 알지만 벵갈
고무나무는 처음 봤다 친구는 푹푹 썩어 가는 음식물을 먹이
로 주라고 했다 커튼을 열어 햇빛도 먹이로 주었다 벵갈고무
나무는 햇빛을 삼키는 짐승이니까 분갈이를 해 주지 않은 어
느 봄 나무가 죽었다고 믿었다 뿌리는 왜 벽을 깨지 않고 둥
글게 길을 내고 있었을까 둥근 것이 날카로워 밑바닥이 깨졌
다 물소리도 깨져 있다 둥근 길이 직선으로 열렸다 계절이 굼
뜨게 기어간다 피비린내 길게 흐르던 검붉은 저녁 핏빛 하늘
을 바라보던 벵갈고무나무가 붉은 눈을 가졌다 벵갈호랑이는
초원에 있을까 뿌리 없는 것을 따라 뿌리가 달려가겠다
—「벵갈고무나무 화분」 전문

이 시에서 시적 화자는 처음 본 벵갈고무나무를 통해 "햇
빛을 삼키는 짐승"을 감각한다. 이는 인도라는 공간으로
말미암아 떠올린 벵갈호랑이에 의한 것이기도 하지만 정
적인 식물에 내재한 역동적인 생의 단면을 포착한 것이기
도 하다. "푹푹 썩어 가는 음식물을 먹이로 주라"는 친구
의 발화는 "햇빛을 삼키는 짐승"의 역능을 억눌러야만 '내'
가 벵갈고무나무를 품을 수 있으리라는 예언적 진술에 가
깝다. 한편으로 그것은 삶을 대하는 '나'의 본질과 맞닿는
다. "벽을 깨지 않고 둥글게 길을 내"는 벵갈고무나무의 태
도는 '나'의 삶을 되비추며 강제된 억압을 내면화한 채 살

아가는 존재를 재현한다. 그러나 벵갈고무나무의 뿌리는 "벽을 깨지 않"는 것이 아니라 자신에게 주어진 경계를 탐색하며 "둥글게 길을 내"는 한편 스스로를 벼려 경계를 무너뜨린 힘을 응축하고 있다. 그리하여 어느 순간 "밑바닥"을 깨고 "둥근 길"을 "직선으로 열"어 젖힌다. 인간 존재인 '내'가 주어진 환경에 안주하며 침잠하는 것과는 달리 벵갈고무나무는 화분을 깨고 나온다. 그것은 "피비린내 길게 흐르던 검붉은" 고통을 감내하는 것이자 "뿌리 없는" 세계에 자신만의 뿌리를 내리려는 고투가 된다. 시인은 이를 응시하며 기록한다. 이는 "세상의 가장 아래까지 내려간 침묵이 비로소 깨지고 있"음을 감각하는 일이면서 저 바닥으로부터 벗어나 "죽을 듯이 기어 올라간 자리"에 자신을 놓고자 하는 의지로 전환된다(「봄 산」). 그런 점에서 벵갈고무나무가 자신에게 강제된 공간인 화분을 깨고 경계 너머를 향해 뿌리를 내미는 모습은 현실을 개선하고자 하는 시적 화자의 태도이자 삶에 대한 시인의 강인한 욕망의 반영이라 할 수 있다. 이는 "질주 본능을 자극"하며 "돌이킬 수 없는 속도"를 파생시킨다(「질주 본능」). 강제된 현재를 전복할 수 있으리라는 기대는 역설적이게도 안정된 삶을 전복시킬 위험에 존재를 노출한다. 그렇다고 안주할 수는 없는 노릇이다. 안정된 삶을 포기하더라도, 그 어떤 결과가 찾아오더라도 불안에 휩싸이기보다는 기꺼이 패배하겠다는 각오로 현재를 전복시켜 새롭게 사유할 필요가 있는 것이다.

생을 다한 절실함으로

기실 존재는 변화를 두려워한다. 변화는 안정을 파괴하고 불확실성에 존재를 노출하며 불안을 야기한다. 알다시피 불안은 뚜렷한 원인 없이 느끼는 감정으로 분명하고도 실제적인 위험에 대한 반응으로 생기는 공포와는 구별된다. 프로이트는 불안을 위험에 대한 반응으로 정의하며 위험 상태의 등장을 예고함으로써 위험 상황을 효과적으로 피하거나 방어할 수 있도록 자아가 보내는 신호로 파악했다. 불안은 불확실성을 거부하고 확실성의 층위에서 사유하도록 하는 일종의 억압 메커니즘의 원인이 되기도 한다. 라캉은 프로이트의 견해를 확대하여 불안의 본원적 모습을 주체가 가늠할 수 없는 타자의 욕망, 그리고 주체를 위협하는 전능한 타자의 향유 앞에서 느끼는 정서라고 주장했다. 주체가 타자와의 완벽한 합일을 이룰 수 없다는 것을 우리는 안다. 그런 점에서 불안은 보편적인 만족이란 존재하지 않는다는 사실에 내재하는 근원적 정서가 된다. 다시 말해 욕망은 결여의 가능성 위에서만 가능한 것이기에 아이러니하게도 언제나 불가능을 전제하고 있으며 이는 존재를 불안의 대지에 붙잡아 둔다.

강민영 시인이 벵갈고무나무를 전유하여 경계를 돌파하고자 할 때 느끼는 불안 역시 그것이 불가능할 것임을 예감하는 데에서 비롯된 감정이라고 할 수 있을 것이다. "당신은 삶에 갇혀 있고/나는 죽음에 갇혀 있다"는 인식은 "어쩌면 또 다른 삶이라는/동일한 꿈을 꾸고 있"음에도 변화의 단초를 마련하기가 어려울지도 모른다는 불안을 발생시킨다(「졸음운전」). 그럼에도 좌절하고만 있을 수는 없는 노릇이다. 시인은 "막다른 길에서는/바닥에서 일어나는 것만/몸을 돌리는 것만/발을 떼는 것만/걸음을 시작하는 것만 하면/나올 수 있"고 말한다(「바람만 불면」). 불확실성에 매몰되어 침잠해 있기보다는 그 안에서 확실하게 수행할 수 있는 단출한 행위를 함으로써 다른 삶의 가능성을 길어 올리고자 하는 것이다. 이는 불안을 더 높은 곳으로 나아가게 하는 적극적인 행위로 잇는 일이며, 불만족스러운 현실을 뛰어넘을 계기를 마련하는 능동적 태도이다. 키르케고르가 불안을 자유의 가능성 혹은 억눌린 자유로 정의하면서 그 불안을 통해 인간이 타자와의 합일을 이룰 수 있다고 말한 것처럼 말이다. 불안 속에서만 존재는 불안 너머를 지향할 수 있다. 다시 말해 불안은 존재가 경험할 수밖에 없는 불가피한 것이면서 변화를 위한 창조적인 원동력으로 승화될 가능성이기도 하다.

국수나무 꽃대에 붙어 몸을 가렸다
빛이 퍼붓는 날개에
어수선한 바람이 불었다
시스루 날개는 구겨졌지만
다소곳하다

청진기를 목에 걸친 무당벌레는

플래시를 들고
몸에 새로 생긴 점을 뒤적인다
날개를 올려서 날숨의 계보도 추적한다

(중략)

균열되는 것들이
확대경 속에서 해체된다
몇 개의 점은 불확실한 미래조차
돼지 꼬리처럼 짧아진 나이에
생기는 얼룩일 뿐이라고
무당벌레는 청진기를 내리며 판단한다

민첩하게 날아다니며
국수나무꽃에 매달려 흡밀(吸蜜)하던
함경산뱀눈나비의 점박이
빛이 꺼져 가는 날개는
찢어진 비닐처럼 서걱거린다

어디까지 날아갈 수 있을까
다시 날아오를 수 있을까

풀숲에 떨어져
그늘이 염(殮)하는 시간을 상상하니

빗소리가 뜯어먹을 것처럼

거칠어진다

―「빛이 퍼붓는 날개」 부분

불안의 실체는 불확실성에 있다. 그러니 "몸에 새로 생긴 점"이 상기시키는 것을 불안의 원인이라 볼 수 없다. 오히려 불안은 "불확실한 미래조차" 지닐 수 없다는 듯 그것을 존재의 결여로 만드는 "짧아진 나이"에 기인한다고 보는 편이 옳다. 응당 이를 자연스러운 노화 과정이라 치부하면 그만이겠으나 한때 "민첩하게 날아다니"던 날개는 이제 "퍼붓는" 빛조차 감당할 수 없어 "찢어진 비닐처럼 서걱거"리기만 하기에 그 간극을 받아들이기가 어렵기만 하다. 제 안의 모든 가능성을 소진한 듯 "빛이 꺼져 가는 날개"로 "어디까지 날아갈 수 있을까/다시 날아오를 수 있을까" 묻지만, 그 어떤 대답도 구할 수 없어 화자는 불안할 따름이다. 이 불안의 기저에는 "풀숲에 떨어져" 생을 마감하게 될지 모른다는, 아직 도래하지 않은 미지에의 두려움이 있다. 이를 실체적 공포로 볼 수도 있으나 "나이테 일부를 도려"내어(「자궁이 쓰라리다」) "짙푸른 회한을 떼어 낸 자리"에(「내시경」) 남은 상실의 감각이 불확실한 미래로 치환되어 불안이라는 정동을 야기한 것으로 볼 수 있다. 취약함으로 자신을 재설정해야 하는 일은 이전과는 다른 층위에서 존재를 사유하게 한다. 어쩌면 이는 익숙한 자신을 초라하고 낯선 존재로 경험하는 것이면서 "어수선한 바람"에 휩쓸려 세계

와의 동일성을 조각조각 해체해야만 하는 절망인지도 모르겠다. 이런 상황에서 시인은 "부정보다 긍정을/혀에 두려고 했지만 매번 긍정은/벽에 부딪혀 부서"지는 것을 감당해야만 하는 것이다(「상처는 밤에」).

세상의 다른 쪽 길로 들어서다

그런 점에서 세계에 대한 저항은 세월에 대한 저항보다 손쉬운 일인 것마냥 여겨진다. 언제나 예상했던 것과는 다른, "한쪽 문이 닫히면/다른 쪽 문이 열린다는" 믿음을 배반하고 "다른 쪽 문을 열면 그곳에도/닫힌 문이 있"다는 것을 마주해야 하는 상황만큼 암울한 일은 없을 것이다. 희망의 배반. "닫힌 문이 들어 있는 닫힌 문/그 안에 또 닫힌 문".(「닫힌 문 안에 닫힌 문이」) 그 무엇으로 해결할 수 없는 상황 속에서 '나'는 "곰팡이가 스멀스멀 벽을 타고 기어오"르는 불안을 느낀다. 그것은 "알을 낳을 수 없는 벌레"가 만든 "검붉은 얼룩"이 되어(「이명」) "해결하지 못한 과거"를(「박동성 이명」) 끌어안고 살아왔던 '나'를 부정한다. "싱싱한 가시들만 주목받던 여름"을 지나 도착한 "기미로 뒤덮인 노인의 침묵" 앞에서 제아무리 삶을 계산해 봐도 진정한 '나'의 모습이 무엇이었는지 알 길은 요원하기만 하다(「장미에게」).

두 개의 귀를 갖는다는 것은
두근거리는 일이지
고흐가 귓불을 잘랐다는데

사실은 굴욕을 잘라 낸 것이지

(중략)

나는 직소 퍼즐로 된 세계를
맞추는 중이야
테두리는 반듯하지만
들어갈수록 복잡해지는 길

때로는 구불구불한 길 끝이
보이지 않아
모든 것이 어둠 속에 갇힐 때
무덤을 자주 말하는 사람은
길 위에서도 침묵하지

셔츠의 마지막 단추를 채우는
결말은 누구나 같아
떠날 때 잘 닫아야 한다는 뚜껑은
남은 자들의 바람이지

(중략)

귓불을 잘라 내도
쉽지 않은 생은 바람처럼 흩어져

쉽게 보는 이야기로 떠다닌다

마지막까지 소리를 열어 두는 것은
너를 들으려고

—「너를 들으려고」 부분

바닥은 바닥을 끌어당긴다
낭떠러지까지 밀린 사람은 안다
너덜거리는 안쪽을 수선하지 않으면
끝내 자신을 찢게 된다는 것을

대신 울어 주는 얼굴은 없었다
그 알량한 화장을 지우기까지
그녀들은 또 얼마나 아팠다는 것일까

불행의 역치가 정점을 찍을 때
과열된 몸뚱어리는 입맛을 다시는
거리의 시식거리가 된다

—「극점이 아프다」 부분

  살아온 시간으로 말미암아 부정된 '나'를 '나' 스스로 부정해야 할 이유는 없을 것이다. 강민영 시인은 스테판 하우저의 첼로 연주를 전유하여 "나는 이미 세상의 다른 쪽 길로 들어섰다"고 선언적 진술을 감행한다(「스테판 하우저의 알비노니 아다지오_). 그것은 불안과 우울을 겪어 낸 치열이라는 삶의 진정성에 바탕을 둔다. 이러한 삶에 대한 전회는 고흐를 소재로 한 시편들에서 뚜렷하게 제시된다. 인용한 「너를 들으려고」 역시 고흐가 귓불을 자른 사건을 표면화하며 전개되는데 시인은 이를 "굴욕을 잘라 낸 것"이라 정의한다. 존재를 부정하고 파편화하는 세계에 저항한 고흐의 행위로부터 시인은 "세상의 다른 쪽 길"을 모색하는데 이는 "직소 퍼즐로 된 세계를/맞추는" 행위로 이어진다. 이는 반듯한 테두리로 이미 규정된 틀 안에서 수행되는 일이기도 하지만 "들어갈수록 복잡해지는" 삶의 여정에서 보이지 않는 것을 가시화하려는 간절한 노력을 통해 존재의 존엄과 자기 증명을 구현할 계기가 된다. 물론 "길 끝이/보이지 않아/모든 것이 어둠 속에 갇힐 때"를 경험하는 순간도 있을 것이다. 그것은 어쩌면 필연일지도 모른다. 이때 죽음에의 공포에 잠식되어 침묵하는 것은 옳은 일이 아닐 것이다. "떠날 때 잘 닫아야 한다"는 "남은 자들의 바람"은 존재를 왜소화하고 불능화하는 것일 뿐이다. 고흐의 행위가 자신의 존엄을 드러내고 스스로를 증명하는 능동적 수행인 것처럼 스스로 당당해지기 위해서는 불안과 고통을 마주할 필요가 있다. "귓불을 잘라 내도/쉽지 않은 생"을 "쉽게 보는" 것은 옳지 않다. 그것은 절망의 피폐를 익숙함으로 포장하여 스스로를 기만할 위험이 농후하기 때문이다. 그렇기에 "마지막까지 소리를 열어" '나'의 불안을 그와 함께하는 "너를 들으려"는 시인의 태도는 시적 전환을 포함하여 생의 전회를 일으켜 "세상의 다른 쪽 길"을 낼 수 있게 한다.

그러한 '다른 길'에 「극점이 아프다」가 놓인다. 이 시는 시인이 시간의 층위가 구성한 존재의 부정을 응시함으로써 이를 바탕으로 '너', 즉 타자의 목소리를 듣고 그들의 고통과 불안의 실체를 형상화하는 데 기여한다. 인용하진 않았지만, 시의 전반부에서는 고통을 드러낸 여성들의 모습이 전면화되어 있다. "백화점 매장"에서, "강남에서", "교회 앞마당에 누워" 화를 내고 소리를 지르는 이들은 "중심을 지나간 칼날의/섬뜩한 한 획"을 짊어진 채 "꿰맨 자리를 자꾸만 뜯고 나오는 비명"을 어찌할 수 없는 존재들이다. "낭떠러지까지 밀린 사람"으로 명명된 이들은 "너덜거리는 안쪽을 수선하지 않으면" 그것이 "끝내 자신을 찢게 된다는 것을" 알기에 비명을 지르지 않을 수 없다. 그들은 "변검처럼 수시로 바뀌는 가면을 쓰고/살아남은 사람들"로 (「변검」) 여성에게 강제된 사회적 요구를 내면화하며 살아왔다. 죽음을 각오해야만 자신을 오롯이 드러낼 수 있는 그들의 모습은 그 자체만으로도 특정한 현실이 외면해 온 폭력의 실제적 관계를 표상한다. "대신 울어 주는 얼굴"이 없기에 스스로 "알량한 화장을 지우"고 "불행의 역치"를 감당해야만 하는 이들의 비명을 포착할 수 있는 것은 강민영 시인이 그만큼 그들의 삶에 깃든 불안에 깊이 통감하고 있기 때문일 것이다.

타자의 고통을 대하는 시인의 태도는 그것이 '나'의 삶에 깃든 억압과 강제, 폭력으로부터 비롯한 불안을 공유하고 있음을 드러낸다. 그러나 세계로부터 탈각되지 않기 위해 강제된 자리에 매달려 있다 "떨어져 바닥에 구르"고 "거친 발길에 으스러"지더라도(『거기, 그 길』) "체면과 부끄러움" 따위 벗어던진 채 "생을 다한 절실함으로"(『매미』) 비명을 지르는 존재를 응시하고 그들에게 귀 기울이는 일은 시인의 바람대로 이루어지지 못하는 것이 현실이다. 오히려 그들의 "과열된 몸뚱어리는 입맛을 다시는/거리의 시식거리가" 되거나 은폐되기 쉽다. 그러므로 시인은 소외된 존재를 침묵의 심연에 가두는 폭력으로부터 어렵게 발화된 외침에 응답해야 할 이유가 여기에 있다고 반복하여 형상화하고 있는 것인지도 모르겠다.

　　그래서 이렇게 살아 있다

　　가족이 떨어졌어요
　　산이 무너졌어요
　　폭탄이 터졌어요
　　아이가 죽어 가요

　　아이가 새로 배운 글자가 명령어가 되자
　　대기하던 문장이 발을 구르며
　　그의 신호를 받는다

　　그는 하늘을 겨누고 말한다

나는 저들이 궁금하지 않아
문밖의 비명은 언제나 있었지

오늘은 거실의 페르시안 카펫 위로
포탄이 함부로 굴러들어 왔다
사각 문양 안에서 뒹굴던
아이들의 웃음소리는
기록조차 없이 지워져도
그는 중국 음식을 시키며
젓가락질 재미에 빠져 있겠다

내일은 지붕 위에서
불꽃놀이가 있을 거라는데
잃은 길 안내하던 별들도
태초의 폭발처럼 지워질 것이다

기형적인 머리통이
끊어진 도로의 표식이 되고
네가 안고 잠들었던 인형도
어느 사나운 바퀴 아래 깔려
팔다리가 잘려 나갔다

문 앞에서 너를 부르던 친구가
너의 집 벽과 함께 터졌구나

시작이 있는 끝이거나
끝조차 없는 시작에서 멈춘 사람들이
매일 그래프로 남는다

곰 사냥을 하려는 무리들이
그의 이빨과 발톱을 빼기 위해 속속
모여들고 있다

—「전쟁놀이」 전문

이 글의 서두에서 제기한 질문에 답을 해야 할 것 같다. 강민영 시인이 시집의 마지막에 배치한 「전쟁놀이」는 불안의 실체를 극명하게 그려 낸다. 시인이 시집을 관류하며 형상화한 삶에 대한 성찰은 부정된 존재로서의 불안을 응시함으로써 벵갈고무나무가 그랬듯 "피비린내 길게 흐르던 검붉은"(「벵갈고무나무 화분」) 고통 속에서도 세계에 자신만의 뿌리를 내리려는 고투의 양태를 그려 내는 한편 이를 바탕으로 타자의 비명에 귀 기울이고 이에 공감하는 삶의 지향에 가 닿는다고 할 수 있다. 그러나 시인의 바람과는 달리 세계는 '나'를 비롯해 타자의 삶을 고통 속에 방기한다. 아니, 오히려 더욱 가혹한 상태로 내몰고 있는 것이 사실이다. 세계의 폭력은 "히잡을 벗고 얼굴을 보여 준 여자"를 향한 종교적 양상을 띠기도 하고(「변검」) '구룡마을'을 향한 재개발 "철거반원들"의 경제적 층위를 띠기도 한다(「거미줄에 걸린 골목」). 그 외에도 "살아 있는 것을 가차 없이 죽이고도/부끄럽지 않은 사람"의 양태로 우리 곁에 존재한다(「호박(琥珀)」). 이러한 폭력의 모습이 극대화된 것이 전쟁이라고 할 수 있겠다.

강민영 시인이 전쟁을 '놀이'라고 명명한 이유는 지금도 세계 곳곳에서 벌어지는 참혹한 폭력의 실태를 익숙한 일상으로 치환하고자 한 것으로 보인다. 온갖 매체를 통해 반복적으로 인지하게 되는 전쟁은 중요한 사건이기보다는 어느 먼 곳에서 늘 일어나는 무감한 일로 왜소화된다. "나는 저들이 궁금하지 않아"라고 외면하려 해도 그럴 수 없는 공감은 "문밖의 비명은 언제나 있었지"라는 말로 희석되고 회피되고 만다. 이를 현실 감각이라고 해야 할까. 안전해야 할 집 안으로 "포탄이 함부로 굴러들어"와 "아이들의 웃음소리"를 지워 낸다고 하더라도 그것은 "문밖의 비명"이라서 우리는 "중국 음식을 시키며/젓가락질 재미에 빠져" 제 몫의 쾌락만을 향유할 따름이다. 어쩐지 기괴해 보이기만 하는 이러한 현실 속에서 시인은 우리 삶의 지평을 다시금 생각해 보게 한다. 오늘, 저 먼 곳의 이야기일 뿐이라서 우리 삶의 실재가 되지 않을 것이라는 생각은 내일, "태초의 폭발처럼 지워질"지도 모른다. 언제든 "끊어진 도로의 표식이 되"어 "어느 사나운 바퀴 아래 깔려/팔다리가 잘려 나"가거나 "문 앞에서 너를 부르던 친구가/너의 집 벽과 함께" 사라질 위험은 상존한다. 존재의 망실을 그저 "그래프"로 수치화하는 것은 전쟁의 참혹함을 가중할 따름이다. 그러니 "곰 사냥을 하려는 무리들"이 되어 수행하려는 저항의 의지는 언제 닥쳐올지 모르는 불투명한 불안 곁에서 타자의 고통을 멈추고자 하는 존재론적 기투이자 우리가 취해야 할 삶의 지평임을 강민영 시인은 진심을 다해 전하고 있다.

그런 점에서 부정의한 세계에서 부정된 존재로의 자각과 그로부터 맺는 관계의 지향을 『외로운 너는 개를 데리고 밖으로 나가고』에 깃든 강민영 시인의 삶의 태도라고 할 수 있을 듯하다. 이를 숭고한 사랑의 가능성이라 말하고 싶다. 그 가능성을 위해 강민영 시인은 순례를 하듯 "끝이 보이지 않는 퍽퍽한 길"을 삶의 여정으로 삼은 것이 아닐까(「순례길」). "이름 지워진 것들을 가진 모래언덕"을 지나(「모래바람」) "삼억 년 동안의 고독을 견디"는 모허 절벽을 거쳐(「모허 절벽」) "행복한 날과/불행한 날이 교차하는 오늘"에 닿는 시인의 마음(「하르마탄」). 그것은 "단단한 것들이 깨져야 열리는 길"을(「태양. 바람. 눈」) 우리에게 제시하며 그곳에서 얼비치는 존재의 불안을 응시함으로써 이를 존재의 다른 가능성으로 펼쳐 보인다. 저 가능성의 여정이 오래도록 지속되기를 희망한다.